AF573507

ÉLOGE

DE SUGER,

ABBÉ DE SAINT-DENIS,

MINISTRE D'ETAT,

ET RÉGENT DU ROYAUME,

SOUS LE RÈGNE DE LOUIS LE JEUNE;

DISCOURS

QUI A REMPORTÉ LE PRIX au jugement de l'Académie Françoise, en 1779.

PAR M. GARAT, AVOCAT EN PARLEMENT.

Il n'eſt pas Roi, mon fils, mais il enſeigne à l'être.

HENRIADE.

A PARIS,

Chez DEMONVILLE, Imprimeur-Libraire de l'Académie Françoiſe, rue S. Severin, aux Armes de Dombes.

M. DCC. LXXIX.

ÉLOGE

DE SUGER.

IL y a six cents ans que SUGER n'est plus. Presque rien autour de nous ne rappelle aujourd'hui les services qu'il a rendus à la France ; & les révolutions opérées pendant cette suite de siècles ont presque effacé la trace de ses bienfaits. Tout est changé. Nous ne pouvons plus recevoir aucune lumière de l'exemple de ses talens ; les désordres qu'il a réprimés ne sont plus ceux qui font nos malheurs, & les vertus qu'il a signalées ne sont plus celles dont nous avons besoin. L'hommage public qui lui est décerné aujourd'hui par la première Académie du Royaume, a donc quelque chose de plus touchant & de plus auguste encore que ces tributs ordinaires que la reconnoissance des Peuples dépose sur la tombe des grands Hommes. Cet Eloge paroît être plus particulièrement destiné à prouver à ces Ames sublimes, qui semblent étendre leurs talens & leurs vertus à proportion de la gloire qu'elles espèrent, que leur renommée doit se répandre dans les siècles beaucoup plus loin encore que l'influence de leurs bienfaits.

Cependant à cette distance où les objets se confondent & trop souvent disparoissent, des spectacles intéressans vont se développer à nos regards. Nous verrons l'espèce humaine dans toute l'Europe, & sur-tout en France, plus malheureuse & plus dégradée qu'on ne la vit jamais ; & dans cet instant même commenceront à paroître dans les esprits & dans les événemens, les premiers germes de l'ordre & des lumières qui doivent succéder à ces siècles de crimes & d'ignorance. Nous verrons les changemens les plus heureux & les plus nécessaires préparés par SUGER ; & le génie d'un seul Homme imprimer le mouvement à cette multitude de causes, qui tantôt agissant avec vigueur, & tantôt ralenties ou même arrêtées dans leur action, ont produit enfin dans l'espace de six siècles les Lois, les Arts & le bonheur dont nous jouissons. SUGER est parmi nous le premier Ministre de la troisième race qui ait mérité & obtenu une grande gloire ; il a été même, pour l'Europe entière, le premier Homme qui dans le chaos de la féodalité ait eu quelqu'idée de l'Administration publique. Né Sujet, & devenu simple Abbé d'un Monastère, il monte un instant sur le Trône, sous le titre de Régent, & la justice de l'Histoire place l'Abbé de Saint-Denis parmi nos Rois, entre Charlemagne & Saint-Louis. Dans ces temps malheureux, où il étoit plus difficile de faire obéir les hommes aux Lois que de créer une Législation, il ne put déployer que les talens d'un grand Administrateur: mais nous verrons ses principes de gouvernement se transformer en Lois dans les siècles qui le suivent, & ce qu'il a fait comme Ministre servir de modèle aux Établissemens de Saint-Louis. Nous verrons qu'il est juste de faire entrer SUGER dans le partage de la gloire de ce Monarque Législateur.

S'il m'étoit défendu de reprendre dans la vie d'un Homme célèbre les actions blâmables qu'il a mêlées à ses belles actions, je serois troublé dans cette satisfaction si douce que l'on goûte à rendre hommage aux talens & aux vertus. Trop rarement les Hommes les plus dignes de notre admiration, échappent aux foiblesses & aux erreurs qui ont dominé sur leur siècle. Un petit nombre de Sages, qui cultivent leur génie loin du commerce & des passions des hommes, peuvent montrer quelquefois dans leurs mœurs cette perfection dont eux-mêmes ont créé le modèle: mais ces Hommes plus nécessaires & plus rares encore, que leurs talens appellent à régir les Peuples & les Etats, sont trop exposés aux passions qu'ils gouvernent, pour n'en éprouver jamais l'atteinte; ils sont trop près de nous & de nos foiblesses pour ne point y y participer. Tel a été SUGER. Et pourquoi craindrois-je d'en faire l'aveu? Je croirois tromper le vœu de l'Académie, je me regarderois comme indigne de célébrer ce grand Homme, si je n'étois quelquefois, dans ce Discours, son accusateur comme son panégyriste. Il ne faut pas sans doute que sa gloire soit plus pure dans son Eloge que dans son Histoire.

LORSQUE de notre siècle on se transporte au temps où SUGER reçut la naissance, l'imagination ose à peine s'arrêter sur les tableaux qui s'offrent à elle. Le génie des barbares, après une lutte de cinq siècles, avoit détruit en Europe tous les Arts de la civilisation, qui dès long-temps n'étoient plus cultivés que par des Esclaves avilis sous la Domination Romaine. Le Législateur de la seconde Race, qui semble seul en occuper toute la durée, Charlemagne avoit en vain tout recréé avec son Empire; la main qui avoit élevé ce superbe Ouvrage étoit seule capable de le soutenir. La Société même parut se dissoudre avec son Empire, & l'on vit tous les François se séparant rapidement en troupes ennemies, courir en armes, se renfermer dans des châteaux, uniquement occupés à soutenir ou à préparer des siéges. Dans cet état de confusion & de guerre, qu'on a appelé le Gouvernement féodal, on ne voyoit plus rien de toutes les institutions sociales. Les Peuples étoient partout dans la servitude, & le pouvoir souverain n'étoit nulle part. Le nom de Roi restoit encore de l'autorité Royale; mais on ne sembloit le faire entendre que pour le dépouiller, par des outrages impunis, d'un respect qui pouvoit rappeler un jour & ses droits & sa puissance. La Justice avoit perdu ses formes, ses Lois & ses Temples. Ne pouvant ni démêler la vérité des faits, ni appliquer les principes de l'équité naturelle, même dans les contestations les plus simples, l'homme, dont l'orgueil a prévenu & prononcé si souvent les jugemens du Ciel, se reconnoissoit alors incapable de rendre la justice humaine. Mais toujours vain dans son ignorance, il s'étoit persuadé que Dieu devoit venir lui-même tenir ses Tribunaux: il l'avoit chargé de toutes les fonctions de ses Juges; il lui avoit prescrit les moyens de manifester ses Arrêts, & ces moyens étoient le meurtre & le carnage. La Religion même, qu'il n'est pas au pouvoir des hommes de chasser de la terre, leur avoit alors retiré sa lumière immortelle. Une foule de Pontifes ambitieux, voulant mettre à profit les titres menteurs que les décrétales d'Isidore avoient fabriqués au Pontificat suprême, s'efforçoient de rabaisser la puissance de Dieu jusqu'à lui créer un Royaume sur la terre; & alors même, chassés de ce prétendu Trône universel par les divisions du Conclave & les émeutes de la Populace Romaine, on les voyoit errer de Royaume en Royaume, mendiant par-tout des secours pour cette Thiare à laquelle ils vouloient soumettre le monde. Jusqu'à cette époque, la lumière des Arts & du Génie n'avoit jamais ménacé de s'éclipser à la fois dans toutes les parties de la terre : tandis que le despotisme ou les conquêtes l'éteignoient dans quelques Empires usés, les Lois & la liberté la ranimoient en de nouveaux Empires; mais pendant le onzième siècle, le monde entier parut se plonger à la fois dans les ténèbres, & l'on ne pouvoit attendre la lumière d'aucun côté.

Est-ce dans ces jours déplorables que nous trouverons un Homme digne d'être offert aujourd'hui aux hommages de la France ? Où le Ciel placera-t-il son berceau & son enfance, pour le mettre à couvert de tant de désordres & de crimes, & pour lui enseigner une sagesse qui ne se trouve nulle part ?

Vers la fin du onzième siècle, un Homme jusqu'alors ignoré, & que la gloire même de son fils n'a pu nous faire connoître, porte à l'Abbaye de Saint-Denis un enfant de neuf à dix ans, le pose sur l'Autel, le consacre ou plutôt l'abandonne à Dieu, & se retire pour ne plus reparoître. Cet enfant étoit SUGER. L'Histoire ne nous apprend rien de plus de sa naissance & de ses premières années. Rejeté si jeune encore du sein paternel, il eut le bonheur de trouver un père dans l'Abbé qui gouvernoit alors Saint-Denis. Des soins pleins de tendresse veillèrent sur sa foible santé, & on l'envoya dans les Ecoles les plus célèbres du Royaume ; on croyoit alors qu'on y apprenoit quelque chose. Parmi les esprits distingués, il en est quelques-uns qui ne peuvent rien recevoir des erreurs qui forment l'enseignement public, & c'est cette espèce de défaut d'intelligence qui est le signe de leur génie : il en est d'autres qui ayant plus de facilité, sans avoir moins de justesse, sont capables de retenir toutes les erreurs dans leur mémoire, sans qu'elles aient le pouvoir de nuire à leur raison, & qui brillent long-temps par ces mêmes doctrines qu'ils auront un jour la gloire de détruire. SUGER fut de ce nombre. Il s'annonça d'abord comme un prodige dans ce mêlange confus de grammaire, de métaphysique & de théologie, connu sous le nom de Scholastique. Mais s'il eut toujours régné dans les Ecoles, il n'eût jamais été qu'un Moine de Saint-Denis : il montra bientôt des goûts & des talens qui présageoient mieux sa destinée.

L'Histoire étoit de toutes les études la plus abandonnée dans ce siècle, où l'on ne sentoit aucun besoin de connoître l'homme, parce qu'on ne vouloit rien faire ni pour lui donner des vertus, ni pour le rendre moins malheureux. SUGER en fait l'objet de toutes ses méditations : & ce n'est pas seulement en lui cette curiosité de l'esprit, qui devient plus avide encore dans la retraite ; ce n'eſt pas ſeulement ce beſoin ſi naturel à l'homme ſolitaire, de repréſenter à ſon imagination les objets dont il a détourné ſes regards. Ce jeune Religieux de Saint-Denis étudie la vie des Hommes célèbres comme s'il aſpiroit déjà à les imiter, & celle des Empires comme s'il prévoyoit qu'il doit en gouverner un : il médite l'Hiſtoire en Homme d'Etat.

Ces détails de la jeuneſſe de SUGER ne peuvent être indifférens. C'eſt lorſque rien de ce qu'il voit autour de lui ne peut former un grand Homme, qu'il importe ſur-tout d'obſerver les premiers progrès de ſon génie. En effet, qu'un jeune homme né pour recevoir toutes les impreſſions des grandes choſes, ſoit placé par la Nature au milieu d'une Société qui déploie avec magnificence à ſes regards tout ce qu'une foule de grands talens ont opéré dans une longue ſuite de ſiècles, pour embellir la demeure & la deſtinée de l'homme; que ce ſpectacle, qui l'émeut profondément, le pénètre tout-à-la-fois de reconnoiſſance & d'admiration, éveille ſon génie & lui inſpire l'ambition d'ajouter encore à tant de merveilles, il ſentira le beſoin d'étendre ſes connoiſſances & ſes idées, de comparer les Peuples aux Peuples, les Empires aux Empires ; il voudra joindre à ſes penſées tout ce qu'ont penſé déjà les Bienfaiteurs du genre humain qui l'ont précédé ; il méditera profondément l'Hiſtoire où ſe tiennent les conférences des grands

Hommes de tous les ſiècles : j'admire la marche de ſon génie, mais ſans en être étonné. Les impreſſions qu'il a reçues & les eſpérances qu'il a dû concevoir, le forçoient à ſe donner à lui-même cette éducation. Mais renfermé dans un Cloître, SUGER ne peut voir un ſeul Gouvernement dans l'Europe entière, & SUGER étudie l'art de gouverner les Empires. Jamais l'inſtinct du talent ne ſe manifeſta d'une manière plus extraordinaire.

Une circonſtance heureuſe de ſa vie va faire ſervir ſes études même au bonheur de la France, en attendant qu'il puiſſe lui conſacrer ſes talens. L'Abbaye de Saint-Denis, où repoſoient déjà les cendres de nos Rois, étoit alors l'école où l'on élevoit les Héritiers du Trône. On les inſtruiſoit de leurs devoirs près des tombeaux de leurs Ancêtres. On ſentoit donc le beſoin de rabaiſſer l'orgueil du rang ſuprême, dans ce ſiècle même où la Majeſté Royale étoit ſi fort humiliée ! Mais les demeures de ces Ombres Souveraines parlent trop encore de leur grandeur ; leurs ſuperbes Mauſolées ſéparent trop leur pouſſière de celle du reſte des Hommes, & les tombeaux mêmes ont appris à flatter les Rois.

Le jeune Louis, alors élevé dans Saint-Denis, trouve des avantages bien plus réels dans la ſociété de SUGER, dont il eſt devenu l'ami. Unis par le cœur, ils le ſont bientôt par les goûts de leur eſprit ; & pour l'Héritier de la Couronne, partager les goûts de SUGER, c'eſt aimer l'étude des devoirs de ſon rang. SUGER le mène avec lui chez ces Peuples de l'Antiquité dont perſonne ne parloit autour d'eux, & dont la mémoire ſembloit s'être perdue. C'eſt dans ces tableaux de l'Hiſtoire qu'il lui fait voir ce que c'eſt qu'une Société & un Empire ; qu'il lui montre des Peuples ſur leſquels il ſeroit beau de régner, & des Souverains qui ſavent faire le bonheur des Peuples.

Ceux qui n'ont pas été opprimés par leur éducation, & qui ont pu aimer quelque choſe dans leur enfance, ſavent avec quelle confiance & quelles délices des ames jeunes s'ouvrent a toutes les impreſſions qu'elles reçoivent de l'amitié. Nos talens & nos vertus, toute notre deſtinée dépend preſque toujours de nos premières liaiſons. SUGER & Louis pourront être égarés quelquefois par les paſſions & les erreurs de leur ſiècle ; mais toute leur vie ils aimeront la vertu comme un goût & un ſentiment de leur jeuneſſe ; elle aura toujours pour eux le charme même de cette amitié de l'enfance qui la leur a fait aimer. Formés par les mêmes études, ils ſe réuniront toujours dans les mêmes vues pour la félicité publique ; & il ne ſera pas au pouvoir des méchans de les diviſer pour les empêcher de faire le bien. L'Hiſtoire n'offre peut-être nulle part de ſpectacle plus étonnant à-la-fois & plus intéreſſant que celui de ce jeune Religieux, formant un grand Roi dans un Cloître, au moment où il y acquiert lui-même les talens d'un grand Miniſtre.

A peine Louis a quitté l'Abbaye que SUGER commence l'exécution des projets qu'ils ont conçus enſemble. Les Abbés de Saint-Denis étoient alors Membres du Conſeil de nos Rois. Adam, qui a pénétré le génie naiſſant de SUGER, l'y conduit d'abord avec lui, & l'y envoie enſuite à ſa place; ſes premiers avis forment une révolution importante dans la politique du Conſeil. La fierté de nos Rois refuſoit de s'allier au ſang des grands Vaſſaux; un des premiers deſcendans de Hugues Capet avoit même mieux aimé chercher une épouſe juſques dans la Ruſſie. SUGER aperçoit aiſément que cet orgueil de la Couronne ne fait qu'entretenir ſon abaiſſement & ſon humiliation; qu'il faut la traiter comme ces grandes Maiſons ruinées qu'on relève par des mariages opulens. Il perſuade bientôt qu'il vaut mieux accorder à ces Vaſſaux redoutables cet honneur, qu'ils ont la vanité imprudente de briguer eux-mêmes, &qui prépare la chûte de leurs Maiſons & des pouvoirs qu'ils ont uſurpés. Cette politique devient pendant pluſieurs ſiècles celle du Conſeil, & c'eſt à elle que nos Monarques ſont redevables de pluſieurs de nos plus belles Provinces. SUGER n'étoit alors que ſimple Moine, & il n'avoit que vingt-trois ans.

Philippe meurt, & à peine Louis eſt monté

ſur le Trône, que les Religieux de Saint-Denis, cherchant à plaire à leur nouveau Roi, élèvent SUGER à une des premières dignités de l'Abbaye; ils lui donnent les deux Prévôtés de Berneval & de Toury. Il n'eſt pas aiſé de faire comprendre de nos jours ce qu'étoit un Prévôt de Toury & de Berneval dans le douzième ſiècle. Les établiſſemens Monaſtiques, en croiſſant en population & en richeſſes, ont formé de tout temps des eſpèces de colonies, qui doivent demeurer ſoumiſes à la Maiſon qui les a fait naître. Mais dans ce ſiècle, où l'on ne connoiſſoit aucune ſubordination, un Prévôt ſe rendoit indépendant de ſon Abbé, comme l'Abbé de ſon Evêque, & le Vaſſal de ſon Seigneur. Le ſyſtême monſtrueux des Fiefs s'étoit étendu à toutes les parties de l'Etat, & l'Egliſe même s'étoit miſe en féodalité. Un Prévôt, entouré de chiens, de chevaux & de ſerfs, paſſoit ſa vie à la chaſſe ou à la guerre, & reſſembloit communément aux autres Seigneurs & par la licence & par la férocité de ſes mœurs. On ne s'attend pas ſans doute à me voir peindre ici les exploits guerriers d'un Moine, quoique décrits & vantés en détail par ſon Hiſtorien. Mais tel eſt le caractère, & telles ſont les vues de SUGER, qu'il ne fait rien ſans préparer quelque changement heureux dans le Royaume.

Il regarde autour de ſa Prévôté, & voit une multitude de Seigneurs, dont chacun eſt toujours prêt à s'armer contre ſon Roi, & qui tous enſemble ſe plaignent du Baron du Puiſet, comme d'un ennemi public. Il ſe voit lui-même dans ſes domaines plus expoſé que tous les autres aux ravages de ce brigand. Le jeune Prévôt de Toury raſſemble tous ceux qui attendoient impatiemment l'inſtant de la vengeance, mais qui n'oſoient pas en donner le ſignal. Il leur perſuade de réunir leurs forces, & d'aller ſe jeter aux pieds du Roi pour implorer celles du Trône. Ils ſont loin de ſoupçonner qu'ils ſont eux-mêmes les premiers ennemis dont SUGER fait fléchir l'orgueil aux genoux de ſon Roi ! Toutes ſes vues s'accompliſſent : après de long combats, le Baron du Puiſet ſubit le châtiment de ſes crimes ; les grands Vaſſaux s'accoutument dès-lors à voir ſur le Trône une juſtice & une protection publique ; & nos Rois apprennent, par cet exemple, à ſe ſervir des forces mêmes de ces ennemis de la Couronne pour les détruire les uns par les autres, & pour élever l'autorité Royale ſur les débris de leur puiſſance Anarchique. Je ne crains point de rendre ici grâce à SUGER, au nom de l'humanité, d'avoir fait faire des progrès à nos Rois dans l'Art funeſte des combats. Si la guerre dégrade l'homme, ſans laiſſer eſpérer de terme à ſes malheurs, c'eſt ſur-tout lorſqu'on la fait ſans aucune vue réfléchie dans ſon objet, ſans aucun ſyſtême combiné dans ſes moyens. Il eſt affreux encore de voir le génie employé à perfectionner les secrets de cet Art destructeur : mais l'idée de la grandeur de l'homme adoucit au moins alors le sentiment de ses maux. ; & ce génie dont il fait l'instrument de ses fureurs, on le regarde comme une Divinité naturellement bienfaisante, toujours prête à ramener la paix & le repos.

Le Prévôt de Berneval & de Toury savoit rendre dans le même temps à son Roi des services aussi importants & plus conformes à son état pacifique. Dans ce siècle, où les Peuples n'avoient conservé presque aucune communication entr'eux, on ne pouvoit avoir aucune idée de ces relations suivies, de ces correspondances continuelles, qui mettent aujourd'hui tous les Peuples & toutes les Cours sous les regards les uns des autres. Le talent des négociations devoit être inconnu puisqu'il étoit inutile ; il appartenoit à un homme né singulièrement pour gouverner, d'en donner le premier exemple. Dans toutes les affaires étrangères dont il fut chargé, SUGER se distingua sur-tout par ce caractère facile, par ce don de plaire qui n'est ni le talent ni la vertu, mais qui ajoute toujours un si grand prix à la vertu & au talent, & dont on ne peut se passer peut-être dans les négociations. Ce fut aussi dans ces voyages qu'il déploya particulièrement une magnificence qui dut faire une grande impression sur des hommes qui ne voyoient par-tout que les tristes & sombres tableaux de la tyrannie

tyrannie & de la servitude. Nous répétons encore aujourd'hui les reproches violents que lui fit à ce sujet son siècle. Je suis loin d'excuser l'amour du faste dans un Religieux ; je suis également loin d'entreprendre l'apologie du luxe : il me suffit de savoir que le luxe est funeste aux vertus, pour être assuré qu'il ne peut rien faire pour notre bonheur. Mais gardons-nous de croire qu'il ait eu chez les Peuples modernes les mêmes effets qu'il a produits chez les anciens ; ces Peuples de l'antiquité qui, en périssant, l'ont accusé de leur ruine, avoient eu des vertus, que le luxe avoit corrompues : nous n'avons jamais eu de mœurs publiques ; nous n'aurons jamais les mêmes reproches à lui faire. Il n'a détruit parmi les Peuples modernes que leur barbarie & leur férocité. En observant l'origine de nos Institutions, je vois que les plus sages & les plus heureuses ont pris leur source dans ce goût des plaisirs & du luxe ; & je le dis, sans vouloir & sans croire justifier le luxe ; je serois plutôt tenté d'accuser nos vertus mêmes. Il est permis de croire aussi que ce cortège superbe dont SUGER marchoit entouré, servit plus d'une fois à ses desseins politiques. On attaque de loin avec emportement cette représentation magnifique du pouvoir ; de près elle subjugue l'imagination. SUGER ne l'étala jamais avec plus de pompe que dans cette Diète de l'Emp[illegible], où il fit exclure du Trône

Impérial les Successeurs de ce Henri V qui avoit juré la ruine de la France. Les Papes, lorsqu'il alloit les recevoir avec cet air de grandeur, aux frontières du Royaume, étoient flattés de voir à leur suite dans leur exil un homme qui auroit ennobli leur Cour à Rome: il combattit souvent leurs prétentions, comme celle de Calixte sur les investitures dans le Concile de Rheims; jamais ils ne lui refusèrent rien pour les intérêts de son Roi. Tous aimèrent son caractère; quelques-uns même ayant pénétré toute l'étendue de ses talens, voulurent l'attacher au Pontificat suprême, comme l'homme le plus propre à rendre réellement sa domination universelle.

La France & son Roi craignirent un instant de le voir fixé à Rome : mais l'Abbé de Saint-Denis meurt; SUGER lui succède ; quelque temps après il est nommé Ministre du Royaume ; & nous allons le considérer presque à-la-fois dans le gouvernement d'un Monastère & d'un Etat.

En voyant SUGER occuper en même temps deux places si différentes, & qui exigent des vertus & des caractères presque opposés, on ne peut s'empêcher de craindre qu'il ne les remplisse pas également bien toutes les deux, & qu'il ne perde ou n'obscurcisse au moins dans l'une la gloire qu'il aura méritée dans l'autre. Qu'y-a-t-il en effet de commun entre le Chef de quelques Religieux & un Ministre d'Etat, entre un homme qui doit renoncer à la Société, & celui qui est placé auprès du Trône pour gouverner les Peuples? Un des plus grands malheurs pour l'homme est de n'être point à sa place. C'est dans cette situation pénible que des défauts & des vices qu'il n'auroit jamais connus, viennent degrader son ame, & qu'il perd les vertus pour lesquelles il étoit né. SUGER ne put échapper à ce malheur; &, il ne faut pas craindre de le dire, sa gloire en a été souillée. Tous les reproches que lui fait l'Histoire, c'est comme Abbé de Saint-Denis qu'il les a mérités. Il voulut gouverner de la même manière un Etat & une Abbaye. Ses fautes mêmes sont nées d'une fausse application de ses principes & de son talent. Comme Ministre, c'étoit pour lui un devoir d'accroître les richesses du Trône & du Royaume : comme Abbé, il crut aussi devoir accumuler les richesses & les trésors dans Saint-Denis ; & il oublia, ou plutôt il ne sut jamais que la pauvreté est le trésor d'un Monastère. Un moment, il est vrai, il parut placer son nom entre les noms des Norbert, des Bernard, de ces Réformateurs sevères, qui sont la gloire du Christianisme & l'étonnement de la Nature : mais lors même qu'il commandoit & inspiroit à ses Religieux les vertus les plus austères, il rassembloit de tout côté dans l'Abbaye tout ce que le luxe du siècle offroit de plus brillant & de plus magnifique ; c'est-à-dire, tout ce qui pouvoit le plus corrompre les vertus de sa réforme. Comme Ministre, il devoit reprendre aux grands Vassaux tout ce qu'ils avoient usurpé de pouvoir & de domaine sur la Couronne ; comme Abbé, on le voit presque toujours occupé à s'emparer des autres Monastères, pour les donner à ses Religieux. L'usurpation du Prieuré d'Argenteuil laissera toujours sa mémoire chargée de l'accusation la plus grave. Et combien d'injustices il est obligé de commettre pour en accomplir une ! Il présente un titre incertain ou détruit depuis deux siècles ; sur le témoignage unique de ses propres Moines, il accuse de la vie la plus licencieuse des Filles consacrées aux Autels & à la Prière ; enfin dans un Tribunal, dont il a choisi ou gagné tous les Juges, des voix, qu'il fait parler, célèbrent avec faste les vertus & la sainteté introduites dans S. Denis par sa réforme. Ainsi donc il faisoit servir à son ambition tout ce que les vertus chrétiennes ont de plus sublime ! ainsi donc il n'avoit établi une réforme austère parmi ses Moines, que comme les Conquérans établissent une discipline sévère parmi leurs Troupes, pour ravager & usurper !

C'est dans ces Cloîtres & dans ces Monastères enrichis ou dépouillés par son ambition, qu'il rencontra deux personnes dont il eut encore le malheur de ne pas respecter l'infortune, Héloïse & Abailard. A ces deux noms, on se croit transporté dans un autre siècle, & on a peine à croire qu'on les trouve dans celui dont nous avons tracé le tableau. La destinée de ces deux Amans a été affreuse, & le cœur les cherche cependant comme les seuls objets sur lesquels il puisse se reposer dans cette époque déplorable. Tous les maux que l'on souffre autour d'eux épouvantent ou révoltent l'ame; leurs infortunes l'attendrissent, & ce n'est qu'avec eux que l'on peut pleurer dans le siècle où le genre humain a été le plus malheureux. Tout ce qui a été appelé grand, tout ce qui s'est fait alors de mémorable est presque oublié. Les noms d'Héloïse & d'Abailard sont dans la bouche de tout le monde. Elevés l'un & l'autre au-dessus de leur siècle par les dons & les talens de l'esprit, ils l'ont encore été davantage par leur amour. Pourquoi refuserions-nous de reconnoître en effet une autre supériorité que celle de la grandeur des idées ou des actions publiques? Il en est une qui tient de plus près encore à notre bonheur. Nos passions se dégradent ou se perfectionnent suivant les siècles, comme nos esprits & nos caractères; & il est des temps où un seul sentiment met une ame au-dessus de tout ce qui l'environne. Combien celles d'Héloïse & d'Abailard devoient être tendres & sublimes, pour donner à leur amour dans un siècle grossier & barbare cette délicatesse, cette moralité passionnée, qui en fait l'objet de notre admiration & de nos larmes! De nos jours encore les talens les plus ſenſibles & les plus heureux ont puiſé dans l'ame d'Héloïſe & d'Abailard les expreſſions les plus profondes & les plus attendriſſantes de l'amour. Combien ils devoient s'aimer, ceux qui, pendant leur vie entière, ont conſervé tous les tranſports de leur paſſion, après en avoir épuiſé les délices, & même après les avoir perdues ſans retour! Que de vertu & d'amour dût avoir cette Héloïſe, qui ne pouvant faire le ſacrifice que la Religion lui commandoit, trouva plus facile d'épurer & d'ennoblir aſſez ſa paſſion pour avoir le droit de la conſerver aux pieds des Autels, & de s'en entretenir avec Dieu même ſans trouble & ſans remords! Ce fut la deſtinée de SUGER d'être injuſte & cruel envers tous les deux. Il voulut retenir Abailard dans Saint-Denis, où les Moines le perſécutoient; & lorſqu'il fit ſortir Héloïſe d'Argenteuil dont elle étoit Prieure, il l'abandonna avec toutes ſes Compagnes à la pitié publique. Comment SUGER, qui n'étoit pas né avec une ame dure, & dont les larmes ont ſouvent coulé devant le malheur, put-il manquer de reſpect pour l'aſyle où vivoit Héloïſe? Mais je m'apperçois que l'intérêt qu'inſpirent ces deux Amans m'arrête trop long-temps ſur une époque d'humiliation pour la mémoire de SUGER, & je me hâte de le ſuivre au Miniſtère, où je le retrouverai avec ſes talens & ſes vertus.

L'Adminiſtrateur auquel un Monarque confie

les travaux de la Souveraineté, feroit trop heureux s'il ne rencontroit que les difficultés qui naiffent de l'importance & de la grandeur de fes fonctions : mais le Souverain même qui l'appelle auprès de lui, les Miniftres avec lefquels il partage fa confiance, & les Corps dépofitaires des Lois & des droits du Peuple, lui en oppofent prefque toujours de bien plus invincibles. SUGER n'a rien de femblable à redouter. Louis, pour être devenu Roi, n'a pas ceffé d'être fon ami. Revêtu d'une gloire perfonnelle & déjà le premier Guerrier de fon fiècle, il ne redoute point les talens qui doivent augmenter la gloire de fon règne. Etienne Garlande peut voir entrer SUGER avec quelque jaloufie dans un Miniftère qu'il a poffédé feul jufqu'à ce moment ; mais Garlande, plus vain encore qu'ambitieux, croit n'avoir rien perdu tant qu'on n'a point humilié fon orgueil. La France qui n'a encore ni Lois, ni liberté, n'a point de Corps qui en foit dépofitaire ; & pour un Adminiftrateur, il eft plus aifé d'en créer que de fe foumettre à leurs principes, ou de les faire entrer dans fes vues.

Mais alors vivoit dans un Cloître, au fond d'un défert, un homme dont les Dépofitaires du pouvoir fuprême devoient ambitionner les fuffrages autant que ceux d'un Sénat ou d'un Peuple Légiflateur. A ce trait feul on doit reconnoître cet Abbé de Clairvaux, devenu fi célèbre fous le nom de Saint Bernard. Nul homme n'a exercé fur fon ſiècle un empire auſſi extraordinaire. Entraîné vers la vie ſolitaire & religieuſe par un de ces ſentimens impérieux, qui n'en laiſſent pas d'autres dans l'ame, il alla prendre ſur l'Autel toute la puiſſance de la Religion. Lorſque ſortant de ſon déſert, il paroiſſoit au milieu des Peuples & des Cours, les auſtérités de ſa vie, empreintes ſur des traits où la nature avoit répandu la grâce & la beauté, rempliſſoient toutes les ames d'amour & de reſpect. Eloquent dans un ſiècle où le pouvoir & les charmes de la parole étoient abſolument inconnus, il triomphoit de toutes les Héréſies dans les Conciles; il faiſoit fondre en larmes les Peuples, au milieu des campagnes & des places publiques : ſon éloquence paroiſſoit un des miracles de la Religion qu'il prêchoit. Enfin l'Egliſe, dont il étoit la lumière, ſembloit recevoir les volontés divines par ſon entremiſe; les Rois & leurs Miniſtres, à qui il ne pardonna jamais ni un vice ni un malheur public, s'humilioient ſous ſes réprimandes, comme ſous la main de Dieu même; & les Peuples, dans leurs calamités, alloient ſe ranger autour de lui, comme ils vont ſe jeter aux pieds des Autels. Egaré par l'enthouſiaſme même de ſon zèle, il donna à ſes erreurs l'autorité de ſes vertus & de ſon caractère, & entraîna l'Europe dans de grands malheurs. Mais gardons-nous de croire qu'il ait jamais voulu tromper, ni qu'il ait eu d'autre ambition que celle d'agrandir l'Empire de Dieu. C'eſt parce qu'il étoit trompé lui-même, qu'il étoit toujours ſi puiſſant ; il eût perdu ſon aſcendant avec ſa bonne foi. L'Egliſe, malgré ſes erreurs qu'elle a reconnues, l'a mis au rang des Saints; le Philoſophe, malgré les reproches qu'il peut lui faire, doit l'élever au rang des grands Hommes.

On pourroit craindre que l'Abbé de Clairvaux & celui de Saint-Denis ne fuſſent oppoſés toujours dans leurs vues. L'autorité que prend un homme par ſon caractère, & celle que donnent les places, ſe combattent & ſe repouſſent naturellement. L'Empire même des talens & des vertus paroît trop ſouvent une uſurpation de leurs droits à ceux qui ſont ſur les degrés du Trône. Saint Bernard & SUGER réconcilièrent & réunirent preſque toujours ces deux pouvoirs ennemis, dans leur amour commun pour le bien public. Repris aux yeux de toute la France par Saint Bernard ſur ſes goûts & ſes foibleſſes, SUGER ne crut jamais avoir perdu de ſon autorité en ſe corrigeant; &, ce qui étoit peut-être plus difficile encore, l'Abbé de Clairvaux averti par SUGER des excès & des erreurs de ſon zèle, les reconnut quelquefois, quoiqu'ils fuſſent couverts à ſes yeux par la ſainteté de ſes intentions. Le Solitaire & le Miniſtre furent amis toute leur vie, & le dernier vœu de SUGER fut de mourir dans les bras de Saint Bernard.

Chargé de l'adminiſtration des Tribunaux,

SUGER porte ses premiers soins à créer une Justice en France, & il en établit le siége dans son Abbaye de Saint-Denis. L'Abbé de Clairvaux lui en fait un crime; il lui reproche avec amertume de faire retentir les cris des Plaideurs & des Avocats dans des lieux consacrés au silence & à la prière. Mais Saint-Bernard étoit bien-loin de pénétrer la profondeur des desseins du Ministre. SUGER avoit vu que dans ce siècle les Cloîtres & les Autels étoient les seuls lieux où l'on se représentât la Divinité sous des traits pacifiques : il y fait entrer la Justice, mais pour lui donner un asile contre la férocité du siècle, qui la rendoit elle-même l'instrument des crimes & du meurtre; mais pour la désarmer & la couvrir du respect des Autels & de la Religion. C'est dans Saint-Denis en effet qu'elle reçoit pour la première fois, des mains de SUGER, ces formes pacifiques, & ces lumières de la raison & de l'équité, que Saint Louis consacra dans la suite par sa Législation. En établissant une nouvelle Justice, il prépare l'abolition de cette Justice sanguinaire qui règne en France. Une Loi écrite, & c'est peut-être la première de la troisième race, défend à un Juge d'Orléans de descendre dans l'arêne pour soutenir ses Arrêts par le glaive; il fait depuis la même défense à tous les Juges des Domaines du Roi. Combien nos opinions sur les hommes doivent être différentes suivant le siècle où ils ont vécu! Cette Loi de SUGER est peut-être aussi étonnante que ces grandes & belles vues de Légiſlation qui ont fait la gloire des l'Hôpital & des Monteſquieu. Quelque temps après, SUGER défend le duel à deux Princes du Sang ; & ils obéiſſent. Un ſiècle après, Saint Louis le proſcrivit preſque inutilement dans ſes Domaines même, & au bout de quatre cents ans encore, le combat de Jarnac & de la Chataigneraie eut pour témoin toute la Cour de Henri II, & fut revêtu de toutes les formes de la Juſtice.

Je découvre dans la vie de SUGER des vues plus ſurprenantes encore ſur les Lois. Tout étoit couvert d'aſiles dans ce ſiècle où il n'y avoit pas de Juſtice, & où il ſe commettoit tant de crimes. Il fait arrêter des coupables juſqu'au pied des Autels, & n'eſt effrayé ni des cenſures eccléſiaſtiques qui le condamnent, ni des miracles dont le Peuple le menace. Peu s'en faut que de nos jours encore des Philoſophes n'aient été accuſés d'impiété pour avoir demandé la ſuppreſſion des aſiles.

Des changemens beaucoup plus remarquables ſe préſentent à mes regards. Je vois paroître au milieu d'un Peuple de Tyrans & d'Eſclaves ces Communes, ces Gouvernemens Municipaux, où des hommes ſont défendus par leurs propres armes, & vivent ſous des Lois qu'ils ont établies ; tandis que le ſyſtême féodal opprime encore toute l'Europe, déjà je vois en France quelques images de ces belles conſtitutions populaires de l'antiquité. Il étoit impossible encore d'abolir généralement la servitude : mais on a placé au moins auprès d'elle la liberté ; & des esclaves qui la voient sont prêts à relever leurs fronts & à la désirer, leur ame n'est déjà plus dans la servitude. L'Orateur qui parcourt les monumens, ou plutôt les décombres de ce siècle, commence à respirer aussi ; déjà il découvre dans l'établissement des Communes & l'origine de ces Monarchies modérées, où la liberté des Peuples & le pouvoir des Monarques sont nés ensemble, & le germe de cette constitution d'un Peuple rival & ennemi, dont nous savons admirer les Lois, & dont nous espérons humilier l'orgueil. C'est le plus grand bienfait que les Peuples modernes aient reçu de ceux qui les ont gouvernés.

Mais est-ce à SUGER que nous en sommes redevables, & m'est-il permis de lui attribuer une gloire que l'Histoire n'a point attachée à sa renommée ? Je l'avoue, aucun Historien, aucun monument ne le fait auteur de cette belle institution. Mais on la voit sortir des Conseils de Louis-le-Gros & de Louis-le-Jeune, au moment même que SUGER y règne au nom de ces deux Rois (1). L'Histoire ne l'attribue pas non plus à d'autre Ministre. Eh ! quel homme dans ce siècle & dans ces deux Cours a mieux montré les principes & les vues qui devoient la faire

(1) Cette époque de l'origine des Communes a été fixée irrévocablement par une Dissertation excellente que M. de Bréquigny a fait imprimer dans le Recueil des Ordonnances.

concevoir? Qui peut en revendiquer la gloire à plus juſte titre? C'eſt à lui qu'elle appartient; il l'a acquiſe par tous ſes autres établiſſemens & par tous ſes autres bienfaits.

Un moment on craint de le voir ſortir du Miniſtère. Louis-le-Gros meurt au milieu des Fêtes du mariage de ſon fils & ſon ſucceſſeur, avec Eléonore, héritière du Duc d'Aquitaine. Mais dans ces temps de ſimplicité, la Cour & les Miniſtres d'un Monarque qui deſcendoit au tombeau, reſtoient ſouvent auprès du Trône; le Monarque ſeul changeoit. SUGER reçoit à l'inſtant du nouveau Roi une puiſſance beaucoup plus étendue encore: il a été l'ami du père, il va ſervir de père au fils.

Quel regard inquiet & tendre on jette ſur un jeune Roi qui vient de monter ſur le Trône! comme on déſire que ſes premières actions lui faſſent bien connoître & goûter le bonheur de la vertu! & que l'on tremble qu'elles n'altèrent pour toujours la candeur de ſon ame! C'eſt d'elles, & d'elles ſeules, que dépend ſa deſtinée & celle de ſon Peuple; car plus nos actions ſont importantes, plus nos premières habitudes ont de force pour décider de notre caractère. Tous les conſeils que Louis-le-Jeune reçoit en ce moment de SUGER, lui enſeignent à la fois à s'armer de cette fermeté ſans laquelle le pouvoir des Rois tombe dans l'abaiſſement, & à prendre cette modération ſans laquelle la puiſſance eſt toujours près de l'injuſtice. Le Prince veut s'emparer du Comté de Toulouſe, ſur lequel Eléonore prétend avoir des droits : SUGER trouve le titre incertain, & le ſuccès preſque impoſſible; il s'y oppoſe dans le Conſeil, ſans craindre de tomber dans la diſgrâce d'une Reine jeune & adorée.

Le Pape veut attenter aux droits du Trône ſur la nomination aux Evêchés. SUGER encourage le Monarque à maintenir ſon autorité. Les cris de Saint Bernard, qui l'accuſe en ce moment de flatter les paſſions d'un jeune Prince, ne l'intimident point; il ſait faire ſon devoir aux dépens même de ſa réputation. Mais Louis, emporté par la violence de ſon âge & de ſon caractère, ſe jette avec fureur ſur les Etats du Comte de Champagne, qui étoit entré dans la querelle du Pape; il aſſiége & emporte Vitry l'épée à la main; trois cents malheureux ſe réfugient dans une Egliſe; il y met le feu, & les cendres de ces infortunés ſont bientôt confondues avec les cendres du Temple. Louis rentre dans Paris, & croit que ſes Sujets lui doivent les honneurs d'un triomphe : SUGER ne lui montre que cette conſternation que doit inſpirer la préſence d'un jeune Roi qui a commis un grand crime. Violent dans ſes remords, comme dans ſes vengeances, Louis veut aller expier ſon crime dans la Paleſtine; & déjà le Pape, Saint Bernard, la France, l'Europe entière l'appellent à la tête des Croisés : SUGER lui conseille de rester sur son Trône, pour expier ce moment de fureur par un long règne de justice & de bienfaisance.

La foule des Historiens représente ce moment comme le plus glorieux à la mémoire de SUGER. Une tradition constante a fait croire qu'il avoit aperçu l'injustice des Croisades & prévu nos désastres en Asie, au moment où toute l'Europe les regardoit comme des guerres sacrées, & que les forces de tant de Peuples réunis promettoient des conquêtes brillantes & faciles. On s'attache naturellement à la gloire de l'homme qu'on célèbre; on se plaît à la défendre, lorsqu'elle est injustement attaquée; on aime surtout à la peindre, quand elle s'élève au-dessus de ce qu'il y a de plus illustre autour d'elle. Il m'est impossible d'offrir à SUGER cette admiration dont la tradition de plusieurs siècles me donneroit pourtant l'excuse & l'exemple. Mais c'est ici que j'aime encore mieux voir une Nation rassemblée pour célébrer l'un des grands Hommes qui ont illustré ses Annales, faire un jour de justice de ce jour solemnel d'hommage & d'admiration, & le dépouiller dans son Eloge même d'une gloire qu'il n'a point méritée. SUGER n'eut point sur les Croisades une autre opinion que son siècle. Au moment qu'il mourut, il en préparoit une à ses frais, & il devoit la commander lui-même à l'âge de soixante-dix ans. Près de trois siècles se sont écoulés depuis, sans qu'aucune voix se soit élevée pour condamner les Croisades. Eh ! comment ces expéditions religieuses n'auroient-elles pas subjugué toutes les imaginations? L'Europe entière, divisée en une multitude de petits Peuples ennemis, se réunissoit sous les mêmes drapeaux, & la guerre qu'elle portoit en Asie étoit une paix pour elle. Eh ! qu'abandonnoient ces Peuples en quittant leurs foyers & leur Patrie? les prisons où ils étoient chargés de fer, les arênes où on les égorgeoit. Combien surtout les motifs que présentoit la Religion de ce siècle, devoient enflammer les esprits & les courages ! On alloit rendre à Dieu son tombeau & les lieux de sa naissance; & le genre humain paroissoit s'acquitter envers la Divinité. Dans les siècles d'ignorance, où il faut deviner le bien dont on ne voit nulle part le modèle, c'est par l'imagination seule que les grands Hommes devancent leur siècle; mais cette faculté sensible qui fait leur grandeur, les expose à partager toutes les impressions qu'on reçoit autour d'eux, & les soumet trop souvent aux erreurs les plus communes. SUGER, qui croyoit aux prédictions des songes, ne pouvoit pas condamner les Croisades. Il pensa seulement que le Roi ne devoit pas commander lui-même ses Troupes dans ces guerres, & cela seul le mettoit encore au-dessus de son siècle.

Mais

Mais ce qui prouve bien l'opinion qu'on a de sa sagesse, c'est que lors même que sur cet objet il contrarie le sentiment de son Roi, du Pape, de Saint Bernard & de la France, la France entière avec son Roi & Saint Bernard le nomment Régent du Royaume, & que l'autorité du Pape le force à accepter cette dignité qu'il refusoit.

Toutes les Régences, depuis SUGER jusqu'à Philippe d'Orléans, ont été pour la France des temps de trouble, d'inquiétudes & de malheur. Les soupçons & l'ombrage environnent naturellement le pouvoir d'un Régent. On obéit sans peine à un Ministre, lorsqu'on voit auprès de lui le Monarque qui lui transmet son autorité; on est tenté de n'y plus croire, ou de la craindre, lorsque les yeux cherchent en vain sur le Trône le Souverain qui en est la source. S'il s'est élevé du sein de l'obscurité, on comparera toujours sa place à sa naissance; & ces Maisons, d'origine contemporaine à celle de la Maison régnante, ces Princes qui ne peuvent obéir qu'à un Roi, lui porteront difficilement le tribut de leur soumission. Si sa naissance, au contraire, l'a placé près du Trône, on supposera qu'il brûloit d'en franchir le foible intervalle, & qu'on ne lui a remis le Sceptre que pour lui épargner la peine de l'usurper. On craindra ses talens & ses vertus, autant que son incapacité même & ses vices; on ne jouira qu'en tremblant du bonheur qu'il donne, & l'on redoutera ses bienfaits, comme si les recevoir étoit devenir son complice. Outre ces difficultés générales, SUGER en aperçoit de particulières à sa personne & aux circonstances où se trouve le Royaume. Tous ceux que la Hiérarchie de l'Eglise élève au-dessus de lui, les Evêques, les Archevêques, tous ces Princes de l'Eglise voudront ne voir en lui qu'un Abbé; & les Vassaux, ces guerriers féroces, qu'un Moine. D'ailleurs, la destinée du Royaume dans ce moment, est à la fois en Asie & en France. Si Louis est vaincu sur les bords du Méandre ou du Jourdain, on doit craindre de voir ses Sujets se révolter sur les bords de la Seine. Les Peuples ne savent pas encore redoubler d'amour & de respect pour un Roi malheureux. SUGER doit donc en quelque sorte répondre en France du sort de l'armée des Croisés en Asie.

Toutes ces difficultés ne feront qu'augmenter la gloire de sa Régence : il a paru déjà le modèle des Ministres, il va l'être des Rois. Il a créé les parties les plus importantes & les plus nécessaires de l'Administration : nous allons le considérer les faisant mouvoir toutes à la fois du haut du Trône qui lui est confié.

Tandis que les Papes se battent contre les Empereurs sur les investitures, le Clergé de France dispute contre le Roi sur les élections des Abbés & des Evêques; SUGER maintient avec vigueur les droits du Trône. Mais il sent que dans ce temps, où tous les droits sont devenus réellement incertains, ce seroit un tyrannie que d'exercer avec rigueur une justice dont les Peuples n'ont pas la conscience. Il laisse subsister quelquefois des nominations illégales : mais il avertit que ce sont des grâces qu'il accorde ; il en fait convenir, & établit ainsi pour l'avenir l'autorité du Trône d'une manière irrévocable. C'est faire aimer la justice en la faisant connoître ; & ces adoucissemens du pouvoir ne manquent jamais de le faire adorer. Il emploie encore un autre moyen également propre à faire renoncer le Clergé à ses fausses prétentions ; c'est d'en maintenir avec vigueur les véritables droits. Les Eglises, qui renfermoient les plus grandes richesses, étoient en proie aux brigandages, dans ce siècle de superstition. La justice vigilante de SUGER leur conserve tous les présens de la piété ; & le Clergé, qui jouit avec sûreté de ses trésors, ambitionne moins d'en acquérir de nouveaux.

Le Régent assiste toujours aux Conseils nombreux qu'on tenoit dans ce siècle, où la dialectique, qui ne faisoit que de naître, avoit pourtant déjà enfanté une multitude de querelles théologiques : mais il ne mêle jamais sa voix à aucune dispute ; & cette sagesse est remarquable dans un homme qui avoit dû aux disputes des

Ecoles les premières distinctions de sa jeunesse. Cet empire qu'on obtient par la parole sur les esprits a quelque chose de plus flatteur que tous les autres pouvoirs, & on l'essaie avec bien plus de confiance, lorsqu'on a déjà celui du Trône. Presque tous les Empereurs depuis Constantin, se sont montrés plus jaloux de régner dans les Conciles que dans l'Empire. SUGER semble prévoir combien des Rois devenus Théologiens, ou des Théologiens armés de la puissance des Rois, doivent un jour être funestes à l'Europe. Persuadé que la puissance de l'Eglise & celle du Trône sont absolument séparées par leur nature, il n'assiste à ces Conciles que comme un Envoyé de l'Etat, que comme un Ambassadeur qui n'est rien dans le Royaume étranger où il se transporte, mais qui en observe tous les mouvemens pour avertir sa Patrie du moindre danger. On le voit agir une seule fois, & c'est lorsqu'il présente à Eugène III, au nom de l'Eglise Gallicane, cette condamnation des erreurs de Gilbert de la Porée, qui a formé l'un des titres de nos Libertés.

SUGER a créé la Justice sous Louis le Gros; il forme actuellement des Magistrats. On voit pour la première fois en France des Juges répandus dans toutes les parties de l'Etat, & rendant tous la Justice de la même manière, suivant les principes qu'ils ont reçus de celui qui repréſente le Souverain. Ce n'eſt point encore là une Légiſlation ; mais Saint Louis y verra le plan & l'image d'un Empire gouverné par des Lois.

Les circonſtances où ſe trouve le Royaume exigent du Régent des talens & des vertus plus rares encore. Il faut entretenir une armée, ou plutôt un Peuple immenſe dans la Syrie, & la France eſt ruinée par les premières prodigalités du Fanatiſme pour les Croiſades.

Cependant Louis demande ſans ceſſe : mais SUGER, qui ſe croit obligé de fournir à ſes beſoins, penſe auſſi qu'il eſt au moins autant de ſon devoir de ne rien prendre ſur ceux du Peuple. Il a commencé à rompre ſes fers; il ne veut pas lui faire croire que la liberté ſous un Roi eſt une ſeconde ſervitude. Les détails de cette partie de ſon Adminiſtration ne nous ſont point parvenus: mais l'Hiſtoire nous apprend qu'il ſatisfit toujours le Monarque, ſans jamais faire murmurer le Peuple; que ſes propres richeſſes, celles de ſes amis, les tréſors mêmes de l'Abbaye, il les regarda dans ce moment comme le patrimoine de l'Etat ; & c'eſt aſſez nous apprendre pour ſa gloire.

Ce Peuple auquel il redoute tant de faire trop ſentir l'autorité du Trône, il le défend par tout le Royaume contre la tyrannie des grands Vaſſaux : en vain on lui oppoſe les bornes de l'autorité Royale ; il croit avoir le droit de l'étendre par-tout où il y a des malheureux à protéger.

Des remparts, des châteaux fortifient en même temps tous les Domaines du Roi ; & le François qui les voit élever ne tremble plus ; il est sûr qu'on les destine à défendre sa liberté & son bonheur.

Tant de sagesse & de travaux feroient la gloire d'un Roi ou d'un Ministre, en des temps même où l'autorité s'étendroit sans contradiction sur des Sujets formés à l'obéissance. SUGER est à chaque instant obligé de défendre contre des séditions ce pouvoir si bienfaisant dans ses mains. A peine le Monarque est sorti des frontières du Royaume, que des révoltes s'élèvent de toutes parts ; SUGER les réprime & les étouffe par-tout à la fois. Cet homme naturellement doux & facile, est terrible dans ses châtimens, & ne sait point pardonner à ceux qui veulent l'empêcher de faire le bonheur public. Les Grands, toujours prêts à méconnoître son pouvoir, sont subjugués par l'énergie de son caractère. Le Comte de Vermandois, nommé par le Roi Général de toutes les Troupes de la Couronne, est devenu le protecteur d'un brigand ; le Régent, sans armes, sans aucune force réelle, le fait rentrer dans son devoir par ce seul ascendant qu'imprime la vertu à un pouvoir légitime. Le Duc de Normandie refuse de venir rendre à la Couronne un service qu'il lui doit comme Vassal : *Si vous ne venez point, j'irai vous chercher*, lui écrit SUGER ; & le Duc se hâte d'obéir. Le Duc est pourtant un de ces enfans du Nord, si fiers encore des maux qu'ils ont faits à la France, & du Roi qu'ils ont donné à l'Angleterre. SUGER soumet à l'autorité du Trône un ennemi plus dangereux encore, & qu'il falloit ménager en le combattant. C'est ce frère du Roi, ce Cômte de Dreux, qui, destiné à être un jour un Héros, n'annonce ses qualités brillantes que par les emportemens d'un séditieux, & veut usurper le Trône qu'il doit avoir un jour la gloire de défendre. SUGER confond tous ses projets, & fait tomber ce Prince superbe à ses pieds dans une Assemblée des Etats du Royaume.

Une administration si heureuse, & tant de prudence mêlée à tant de fermeté, devoient soumettre enfin tous les esprits. Les premiers personnages du Royaume s'empressent à donner des preuves de leur obéissance. C'est à qui honorera davantage l'autorité du Régent, en la décorant de titres qui la rapprochent de la puissance Souveraine. Des Evêques qui avoient fomenté des séditions contre lui, l'honorent du nom de Majesté. Saint-Bernard, quoique presque toujours indigné de voir des grandeurs séculières sur la tête d'un Ministre de l'Eglise, lui donne le nom de Prince; tous s'accordent à appeller sa Régence un Règne. Telle est enfin la soumission qu'on a pour sa personne, qu'il doit craindre de faire trop oublier le Souverain qu'il repréſente. Dans ce ſiècle où les Peuples ſe connoiſſent à peine de nom, la renommée de ſa Régence ſe répand dans toute l'Europe. On vient des Cours Etrangères admirer & étudier cette adminiſtration, dont il donne le premier exemple. Un Roi d'Ecoſſe lui demande ſon amitié par une ambaſſade magnifique ; & Henri Premier, Roi d'Angleterre, ayant des intérêts à démêler avec la France même, en établit SUGER & le Juge & l'arbitre. On ſe rappelle que la même Nation rendit depuis le même hommage à Saint Louis, en le choiſiſſant arbitre entr'elle & ſon Monarque ; & je remarque avec plaiſir qu'on leur a décerné les mêmes honneurs en Europe, après avoir fait obſerver plus d'une fois la reſſemblance de leurs talens & de leurs vertus.

Il eſt impoſſible que l'Envie regarde long-temps SUGER à ce haut dégré de puiſſance & de gloire, ſans eſſayer de l'en faire deſcendre. Toutes les circonſtances ſemblent l'inviter au deſſein qu'elle a formé de le perdre. Ces reſpects même & ces hommages qu'on lui prodigue, peuvent inſpirer quelque jalouſie à un jeune Monarque qui n'en a jamais reçu de ſemblables. L'autorité Royale eſt ſi active & ſi puiſſante dans ſes mains, que tous ceux qui ne connoiſſent point l'énergie naturelle de la vertu, peuvent ſoupçonner qu'il la regarde comme une autorité perſonnelle ; enfin, le Monarque habite une autre partie du monde, & à cette diſtance, les soupçons peuvent se changer en certitude, avant que le Régent ait eu le temps de les détruire. La Calomnie ne manque point de profiter de tous ces avantages; & déjà le Régent, ce bienfaiteur de la France, est suspect à son Roi. Louis quitte la Palestine & revient dans ses Etats, avec la persuasion qu'il a été trahi par un Ministre qu'il a chéri & révéré comme un ami & comme un père. Mais rassurons-nous: l'autorité Royale ne fait que de naître en France. L'Intrigue n'a pas encore assez vécu autour du Trône pour avoir eu le temps de perfectionner son art perfide; un Ministre ami de son Roi peut se défendre encore d'une calomnie de Courtisan. D'ailleurs Louis n'est point renfermé dans sa Cour; & pour y arriver, il doit traverser presque tout son Royaume. SUGER y a répandu par-tout des témoins de son innocence: Louis va les voir & les entendre à chaque pas; & ces témoins, ce sont les monumens qu'il a élevés pour enrichir ou fortifier l'Etat; ce sont les heureux qu'il a faits dans sa Régence, & auxquels il a appris à bénir le nom du Monarque dont le pouvoir a servi dans ses mains à faire leur bonheur.

En effet Louis est à peine entré dans son Royaume, qu'il ne songe plus qu'à expier ses soupçons par les témoignages les plus magnifiques de sa reconnoissance. Mais qu'est-ce qu'il y a dans le pouvoir des Rois qui puisse récompenser les vertus d'un

Vieillard qui touche au terme de la vie? Le seul moyen de les honorer assez, c'est d'en répandre la renommée avec des titres qui en représentent fidellement le caractère, & Louis est digne de décerner cette récompense à SUGER : en reprenant de ses mains le sceptre, il l'appelle aux yeux de ses Sujets, *le père de la Patrie.* Quel titre pour un Ministre! & qu'il est beau de le voir donné par un Roi! Que ne m'est-il permis de cacher ici, que presque de nos jours on a entendu un Ministre qui croyoit défendre l'autorité de son Roi, en reprochant à un Citoyen de parler du service de la Patrie! Eh! qui a jamais plus étendu l'autorité du Trône, que le Ministre revêtu de ce titre au moment qu'il rentre dans la classe des Citoyens? Il a agrandi les Domaines du Roi; il a fait fléchir l'orgueil séditieux de plusieurs grands Vassaux. Mais il lui laisse d'autres accroissemens encore. Les Peuples conserveront l'habitude d'adresser au Trône les hommages qu'ils venoient y rendre à ses vertus; & l'on peut dire ici que le Trône a hérité de l'autorité d'un Sujet.

Ce n'est guères que dans la disgrâce & dans la retraite que les grands Hommes d'Etat peuvent se livrer à ces sentimens de la nature, à ces affections du cœur qui font aimer ce qu'on admire: le malheur seul leur permet d'avoir des vertus privées, & le tableau de leurs mœurs domestiques devient plus touchant dans l'infortune. La vie de

SUGER nous offre un exemple encore plus rare: il cultiva tous ces ſentimens, au milieu même des grandeurs & des travaux du Miniſtère; & ſon Hiſtoire eſt autant celle de ſon cœur que celle de ſes talens. Il dut peut-être ce bonheur au caractère de ſon ſiècle. Les dignités & les pouvoirs n'avoient pas encore reçu toutes ces décorations qui ſéparent les Grands d'avec les autres hommes. L'élévation & la fortune n'avoient pas encore de quoi corrompre : le luxe qui les accompagnoit & les jouiſſances qu'elles procuroient, n'étoient propres qu'à adoucir un peu la barbarie du ſiècle ; & à cette époque, c'eſt dans les places les plus élevées qu'on trouve ſouvent les plus tendres affections de la nature. Louis-le-Gros en avoit donné, ſur le Trône même, des preuves touchantes ; quand la douleur de la perte de ſon fils le conduiſoit au tombeau, l'amitié ſeule de SUGER put l'attacher à la vie. Depuis la mort du Sénéchal Garlande, qu'il appeloit toujours ſon ami, les actes même de ſon règne devinrent des monumens de ſes regrets & de ſes larmes. S'il accordoit quelque grâce à ſes Sujets, il mettoit toujours dans la Charte, comme une condition : *vous prierez Dieu pour mon cher Garlande.* Ce ſentiment de l'amitié influa particulièrement ſur toute la vie de SUGER. Nous avons vu qu'elle avoit fait ſa grandeur ; elle fit même ſes vertus & ſes foibleſſes. Il avoit formé les liaiſons les plus étroites avec Pons, Abbé de Cluny, & avec un jeune Abbé du Mont-Cassin, connus tous les deux par leur goût pour les voluptés & la licence. Il partagea bientôt leurs goûts, & quoiqu'il ne parût pas y avoir beaucoup de penchant, il ne sut pas résister aux vices, lorsque l'amitié lui en donna l'exemple. Ces deux Abbés meurent dépouillés de leurs dignités, & victimes des désordres de leur vie. SUGER renonce à l'instant à des plaisirs qui lui ont fait perdre les deux hommes les plus chers à son cœur. Il savoit inspirer ce sentiment comme il l'éprouvoit; il l'inspiroit même dans sa vieillesse à un jeune Roi. Outragé dans la Palestine par les galanteries d'Eléonore son épouse, Louis-le-Jeune, au milieu de ce Peuple immense qui le suit, ne voit personne autour de lui dans le sein duquel il puisse épancher son ame. Les peines de ce genre sont en effet celles pour lesquelles il est le plus difficile de trouver de confident, parce qu'il faut confier à-la-fois sa douleur & son humiliation. C'est à SUGER que Louis écrit du fond de la Palestine; c'est du Régent du Royaume que cet infortuné Prince attend tous les conseils & toutes les consolations que peut recevoir son amour. Cette confiance d'un jeune Roi dans des peines de ce genre, répand je ne sais quoi de tendre & de sensible sur la vieillesse de SUGER. Enfin, Ministre tour-à-tour de deux Rois qu'il aime également & dont il est également chéri, il pleure l'un, & il est pleuré par l'autre. Il est difficile à un Ministre d'avoir une destinée plus belle & plus heureuse.

Prêt à finir cet Eloge d'un grand Homme qui a travaillé il y a six cents ans au bonheur de la France, une réflexion douloureuse vient pourtant affliger mon cœur. SUGER a montré des talens qu'on a jugé dignes d'être honorés d'un hommage public : beaucoup d'Administrateurs en ont fait admirer depuis de plus grands encore ; & cependant qu'ont produit leurs talens & leurs travaux réunis pour la perfection de la Société parmi nous ? pourquoi est-elle si peu avancée ? pourquoi offre-t-elle encore au Philosophe qui la contemple plus de sujet de regrets & de vœux que d'objets d'admiration & de reconnoissance ? Quoi ! la Nature a fait de l'homme un être social, & six cents années de travaux suivis ne suffisent pas à un Peuple pour former une Société où il puisse trouver le bonheur qu'il désire ! Quelle seroit donc cette contradiction désespérante entre nos penchants & nos facultés ? La Nature auroit-elle voulu se jouer de nous, en nous faisant désirer des biens que nous ne pouvons pas atteindre, & en nous donnant un modèle de perfection qu'il nous sera toujours impossible de réaliser ? Croyons plutôt que nous nous y sommes mal pris dans nos Sociétés modernes pour en élever l'édifice ; & lorsque nous voyons cette foule d'Administrateurs, dont les talens & les vertus nous ont fait faire si peu de progrès vers le bonheur, croyons que la félicité publique ne peut pas être leur ouvrage ; il n'appartient qu'à un Législateur de la faire : non que je veuille rabaisser ici le génie de l'Administration, & le mettre au-dessous de celui qui peut dicter de bonnes Lois. Les fonctions de l'Administrateur sont aussi grandes, & sont encore plus difficiles. Il faut qu'il connoisse, pour ainsi dire, chaque homme en particulier, qu'il traite avec chaque passion ; lui-même doit porter à tout instant la main sur toutes les parties de son Ouvrage.

Le Législateur au contraire, à qui un Peuple a remis son sort, n'a qu'à concevoir son plan avec génie ; & toutes les parties de l'Etat, attentives à sa voix, vont se mouvoir d'elles-mêmes pour l'exécuter. On peut le comparer à ces Généraux dont la voix ou les signes entendus à-la-fois dans tous les rangs, font prendre rapidement toutes les formes & toutes les situations à des Armées immenses. Mais l'Administrateur, qui agit à tous les momens, ne peut pas agir toujours de la même manière : il est guidé quelquefois par ses lumières & par ses vertus ; il gouverne quelquefois avec ses erreurs & ses passions. A chaque instant, il peut dégrader lui-même le bien qu'il a fait, & perdre de vue celui qu'il vouloit faire ; & lorsqu'il n'est plus, presque toujours ses desseins sont abandonnés. Le Législateur au contraire ne conçoit & n'exécute son Ouvrage que dans ces momens où tout son génie l'éclaire ; & lorsqu'il l'a achevé, il se retire lui-même avec respect pour se soumettre & obéir.

Il ne faut point s'abuser ; l'homme n'a que des momens de sagesse, & c'est à ces momens qu'il doit remettre le pouvoir de gouverner sa vie entière. Tant qu'il garde sa sagesse en lui-même, il est toujours prêt à la perdre ; il faut en quelque sorte qu'il la mette hors de lui, pour la mettre à l'abri de ses passions ; il faut qu'il la grave sur des tables de pierre & d'airain. C'est-là qu'elle sera toujours pure & incorruptible ; c'est de-là qu'elle lui parlera toujours avec le même empire. Ceux qui ne craignent point d'enlever à l'homme l'espérance d'un meilleur sort, ne cessent de répéter qu'on a vu de belles Législations sur la terre, & qu'on n'y a jamais vu de Peuples heureux ; & tout au contraire, les maux mêmes produits par ces Législations anciennes, sont la preuve du bien que de bonnes Lois peuvent faire. Avec quelle sûreté, quel éclat & quelle grandeur ces Législateurs de l'Antiquité ont rempli leur objet ! Rome a institué ses Lois pour la puissance & pour les conquêtes ; & Rome a conquis l'Univers. Instituons des Lois pour la sagesse & pour le bonheur, & ne doutons point qu'on ne voie sur la terre des hommes sages & heureux. De belles Législations ne seront peut-être que les derniers Ouvrages de l'esprit humain arrivé à sa perfection : alors tout sera achevé ; l'homme n'aura plus qu'à jouir de la vie ; & la Société, comme la Nature, exécutera d'elle-même les Lois qu'elle aura une fois reçues.

APPROBATIONS.

Lu & approuvé. *Signé*, GABON, Docteur de la Maison & Société Royale de Navarre.

Lu & approuvé. *Signé*, BRUGET, Docteur de la Maison & Société de Sorbonne.

perfection ; alors ouvriers achevés, l'homme d'autant plus [illegible] [illegible], comme le Nature [illegible] [illegible] leurs [illegible] [illegible] fois [illegible].

[illegible]

[illegible]

[illegible]

www.ingramcontent.com/pod-product-compliance
Lightning Source LLC
LaVergne TN
LVHW050458160826
845677LV00003B/825

* 9 7 8 2 3 2 9 6 6 3 3 6 4 *